OBSERVATIONS

SUR

LA DEMANDE FAITE PAR DES LIBRAIRES

RÉUNIS EN COMMISSION,

DE RECONNAITRE EN FRANCE, ET SANS CONDITION,

LA PROPRIÉTÉ LITTÉRAIRE DES ÉTRANGERS;

ET

MOYEN DE PARALYSER LES CONTREFAÇONS BELGES

SANS NUIRE A AUCUNE DES BRANCHES DE NOTRE INDUSTRIE.

A PARIS,

DE L'IMPRIMERIE DE CRAPELET,

RUE DE VAUGIRARD, Nº 9.

1840.

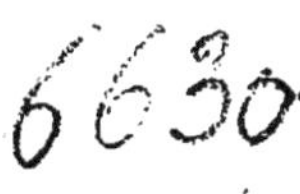

OBSERVATIONS

SUR

LA DEMANDE FAITE PAR DES LIBRAIRES,

DE RECONNAÎTRE EN FRANCE, ET SANS CONDITION,

LA PROPRIÉTÉ LITTÉRAIRE DES ÉTRANGERS;

ET

MOYEN DE PARALYSER LES CONTREFAÇONS BELGES

SANS NUIRE A AUCUNE DES BRANCHES DE NOTRE INDUSTRIE.

Il était permis d'augurer favorablement d'une réunion de plusieurs libraires, des plus recommandables de la capitale, qui se sont formés en commission pour aviser aux moyens de préserver leur commerce des effets désastreux de la contrefaçon belge. Mais mon attente a été bien trompée, lorsque j'ai appris que la seule résolution adoptée par cette Commission avait été de proposer une mesure, qui, sans détruire ni même atteindre la contrefaçon belge, anéantirait une branche utile de la librairie française, et serait en même temps préjudiciable aux intérêts des consommateurs eux-mêmes.

En s'opposant aux réimpressions des ouvrages étrangers, la Commission semble oublier que cette industrie est maintenant du domaine de la France, car elles équivalent au moins au cinquième des labeurs qui se font dans les imprimeries de Paris (1), sans tenir compte de ce qui se fait en province. Elle oublie que plusieurs libraires y ont donné leur temps et leur travail, que c'est à leurs risques et périls qu'ils ont exploité avec autant d'activité que de persévérance une branche de librairie qu'ils sont parvenus à soustraire à la concurrence belge, et qu'aujourd'hui, anéantir une position, résultat des efforts de toute leur vie, récompenser le service qu'ils ont rendu à l'étude des langues étrangères, par leurs éditions à bon marché, en les ruinant totalement ou en partie, peut bien ne pas paraître un acte de justice aux personnes désintéressées.

La Commission veut donc que la Belgique déjà si funeste à notre commerce de livres vienne encore nous enlever ce que jusqu'ici elle avait à peine abordé, les réimpressions de livres en langues anglaise, italienne, allemande et espagnole; et que les nombreux ouvriers (imprimeurs, fondeurs, fabricants de papiers, etc.), que chez nous ces réimpressions font vivre se trouvent tout à coup sans travail.

Mais avant de m'engager dans la discussion, je vais transcrire ici la résolution que la Commission a prise.

Elle veut demander au Gouvernement : *De reconnaître chez nous et sans condition la propriété littéraire des étrangers.*

C'est-à-dire de laisser aux étrangers le droit de contrefaire chez eux les ouvrages publiés en France, sans que nous ayons le droit d'en faire autant à l'égard des ouvrages étrangers.

(1) *Voir* le Journal officiel de la librairie.

La Commission pense que c'est à la France à donner cet exemple de moralité, et qu'il est impossible que les autres pays de l'Europe, touchés d'une mesure aussi honorable, ne s'empressent pas de répondre à cette avance en proscrivant toute contrefaçon.

Cette proposition me paraît si contraire à l'intérêt du pays, elle me paraît si *don Quichotique*, si l'on veut me passer l'expression, que mettant de côté les grands mots d'honneur, de morale, et me fiant à la sagesse des Chambres, je n'aurais pas pensé à la combattre, si je n'avais craint que le rejet n'amenât à sa suite l'adoption d'un article rejeté l'année dernière par la Chambre des Pairs, article qui « admettrait les étrangers propriétaires d'ouvrages publiés pour la première fois à l'étranger, à jouir en France des droits attachés à la propriété littéraire ; mais dans le cas seulement où les États étrangers auraient eux-mêmes reconnu la propriété littéraire française. » C'est ce principe de réciprocité que j'attaquerai comme étant tout à fait préjudiciable aux intérêts de la France.

Il y a pour la librairie française une plaie profonde, c'est la contrefaçon belge, contre laquelle il faut lutter, non par de vains traités que l'on reconnaîtra bientôt être inexécutables, mais en donnant à l'étranger des éditions mieux faites, à meilleur marché, et qui paraîtront avant les leurs. Toutes ces conditions sont faciles à remplir, comme j'espère le prouver.

Mais avant de m'occuper des moyens de paralyser et par suite de détruire la contrefaçon belge, je pourrais avec raison accuser plusieurs de MM. les libraires qui s'en plaignent le plus amèrement, d'être eux-mêmes en grande partie la cause de l'extension et de la puissance de cette contrefaçon.

Qu'y a-t-il donc de plus encourageant pour le libraire étranger qui veut contrefaire nos ouvrages et les vendre à vil prix, que de rencontrer ces volumes presque entièrement formés de papier blanc, de façon que deux volumes grand in-8° fournissent à peine de quoi remplir un in-12 ordinaire? Où donc est la conscience de vendre à l'acheteur qui croit trouver un ouvrage à lire, des feuilles non imprimées?

De quoi s'étonne-t-on si, l'auteur méritant d'être lu, on cherche les contrefaçons que l'on paie 3 ou 4 fr. tandis que, chez l'éditeur, le même ouvrage en deux volumes coûte 15 fr.? Aussi le libraire ne pense même plus à vendre au public; les ouvrages se tirent à 750 exemplaires au plus, et l'on compte pour le débit sur les cabinets de lecture. Ce n'est donc pas pour les éditeurs de semblables ouvrages qu'il faut penser à ruiner la contrefaçon : elle existera toujours soit étrangère soit française, si l'œuvre elle-même mérite d'être lue. L'immense différence de prix entre l'édition originale et la contrefaçon engagera toujours quelques individus à tout risquer pour faire un grand bénéfice.

J'ai dit que je ne discuterais pas la proposition de la Commission parce que je ne la crois pas soutenable. Si en effet, d'après ses idées, le Gouvernement prohibait en France la réimpression des ouvrages étrangers d'après le principe que la contrefaçon n'est pas morale, il devrait, toujours d'après le même principe, empêcher que les fabriques de Creil ne reproduisissent les porcelaines anglaises, en se servant des procédés inventés par les Anglais, procédés que nous leur avons surpris et non achetés; de façon que si, par le salaire moins fort que nous payons à nos ouvriers, nous parvenons à faire aussi bien et à meilleur marché qu'eux, nos imitations ou contrefaçons de porcelaines anglaises remplaceront les leurs en Belgique, en Suisse, etc. Il en est de même pour la fabrication des machines à vapeur et des fers ; nous allons jusqu'à faire venir des ouvriers anglais pour exécuter chez nous et pour nous ce que leurs maîtres ont inventé. Le Gouvernement défendra-t-il toutes ces contrefaçons ? mais il attenterait singulièrement, ce me semble, à la liberté du commerce, et à la prospérité du pays. Cependant les découvertes du génie industriel sont au moins égales aux productions du génie littéraire.

L'idée de la Commission est d'arriver, par une voie bien détournée il est vrai, à attaquer la contrefaçon belge. Aussi, quoi qu'elle en dise, accueillera-t-elle avec faveur la réciprocité entre quelques États pour la propriété littéraire, réciprocité qui, à la première vue, devrait fermer la porte, dans ces mêmes États, aux contrefaçons belges, pour y faire admettre nos éditions originales.

Il me semble donc que cette question est la seule véritable, et si je prouve que cette réciprocité doit nous être fatale, je croirai avoir démontré que la proposition de la Commission n'est point admissible.

En effet, la pensée de la Commission paraît ressembler beaucoup à celle d'un homme qui, voulant la paix générale, dirait : Les puissances étrangères sont autour de vous en armes et prêtes à vous attaquer ; brisez donc vos armes, renvoyez vos soldats, démantelez vos forteresses, restez sans défense, enfin rendez-vous à discrétion. *Cette mesure est digne de la nation française et de son Gouvernement ; elle peut être considérée comme un sacrifice au premier coup d'œil, mais elle est de notre part une initiative honorable. Elle pose un principe fécond qui trouvera des imitateurs, etc. La hardiesse d'une telle mesure n'est qu'apparente. En réalité elle nous paraît à la fois honorable et féconde en résultats assez prochains (1).*

Une seule nation maintenant nous offre cette réciprocité, et c'est l'Angleterre; l'Angleterre, qui ne peut réimprimer nos ouvrages, parce que les frais d'impression y sont trop élevés. Elle traitera donc avec nous sans difficulté; car si elle ne s'engage à rien, il est évident qu'elle ne peut y perdre. Mais quels seront pour nous les résultats? Croit-on à la possibilité d'empêcher en Angleterre l'entrée des contrefaçons belges? Les éditeurs de ce pays mettront simplement sur leurs exemplaires les noms de l'éditeur et de l'imprimeur français, et je ne sais si à la douane il y aura quelqu'un d'assez habile pour reconnaître que l'ouvrage n'est pas d'impression française, surtout lorsqu'il y aura intérêt pour les Anglais à s'y tromper (2). De plus, la contrebande viendra encore nous faire rivalité.

Je ne donnerai qu'une preuve de la protection ou du moins de la tolérance que l'Angleterre accordera nécessairement à la contrebande jugée utile à ses intérêts : c'est qu'entre autres raisons données par les partisans

----

(1) Extrait textuellement du rapport de la Commission.

(2) La proposition faite par la Commission, *de renoncer à la réintroduction en France des livres français expédiés à l'étranger,* par la crainte qu'elle a que ces livres ne soient des contrefaçons, vient à l'appui de ce que j'avance. Les craintes de la Commission à cet égard se montrent encore dans la demande qu'elle fait de diminuer le nombre des bureaux où doivent être visités par *les agents de l'administration,* les livres que l'on présente à la réimportation.

de la conservation du Canada, colonie qui, maintenant, n'occasionne aux Anglais que des dépenses, on trouve celle-ci; je traduis d'un ouvrage anglais :

« Si les Américains, pour aider à l'extension de leurs manufactures, augmentaient le droit d'entrée sur les marchandises anglaises, le Canada et les autres provinces frontières rendraient ce droit inutile. Car, ayant une frontière de plus de 2,000 milles, les Anglais pourraient introduire, par la contrebande, leurs marchandises en aussi grande quantité qu'il leur conviendrait, sans que les Américains pussent les en empêcher; et comme la partie occidentale des États-Unis se peuple chaque jour, cette importation de marchandises anglaises doit s'augmenter dans la même proportion. »

La contrebande est donc un moyen reconnu bon et naturel de faire entrer ses marchandises dans un pays qui ne veut pas les recevoir. Mais le même moyen ne sera pas moins bon, pour recevoir à meilleur marché des marchandises dont le prix serait plus que doublé, si elles venaient directement de France, et sans fraude.

Ainsi les livres belges entreront en Angleterre, soit par une ruse, soit par une autre, avec une grande facilité (1), et ces livres étant moins chers que les nôtres,

---

(1) Le capitaine Marryat dans un de ses ouvrages se plaint aussi des contrefaçons qui diminuent ses droits d'auteur, droit qu'il reconnaît cependant être de trois cent cinquante souverains (8750 fr.), pour une édition de mille exemplaires. Voici ce qu'il dit :

« Il arrive à nos ouvrages, qu'étant réimprimés à l'étranger, et passant en contrebande, ces contrefaçons sont ouvertement achetées dans nos villes le long de la côte; ceci ne peut être empêché. Nous ne pouvons espérer que la Belgique et que la France nous accordent le droit de réciprocité sur la propriété littéraire, et lors même que nous obtiendrions cette concession, nous n'en profiterions nulle-

les acheteurs les prendront très-certainement de préfé-
rence, puisque en France nous agissons de même pour
les contrefaçons de nos propres livres.

Ainsi, avec l'Angleterre au moins, il est démontré
que la réciprocité nous sera désavantageuse.

Le résultat certain, c'est que les acheteurs français
s'arrêteront devant la cherté des livres anglais. L'étude
de la langue anglaise, maintenant si commune en
France, et qui offre un large débouché à toutes nos
réimpressions, se répandant chaque jour davantage,
permettrait aussi à un plus grand nombre de libraires
de se livrer à cette industrie, et soulagerait d'autant ce
commerce. Cette étude recevra par le traité un coup
mortel, à moins (et c'est ce qui arrivera) que les contrefaçons belges entrant par contrebande, et accueillies
avec empressement, ne viennent remplacer nos éditions
françaises, et nous donner les livres qui nous sont deve-
nus nécessaires à un prix plus élevé, il est vrai, que
nos éditions actuelles, mais de beaucoup inférieur au
prix des éditions originales anglaises.

Ainsi la Belgique, que l'on veut chercher à atteindre,
va s'enrichir d'un commerce qui jusqu'à présent lui a

ment; cette piraterie serait transportée un peu plus loin, dans les
petits États germaniques; chassez-la jusqu'en Chine, elle y sera
exploitée; la faute vient donc de nous, nos livres sont trop chers,
et maintenant la question est de savoir si l'on ne peut les donner à
plus bas prix..... »

Ainsi les Anglais reconnaissent eux-mêmes qu'ils ne peuvent
arrêter la contrebande pour leurs propres livres, et que cette
contrebande se fait ouvertement dans leurs villes maritimes : que
sera-ce donc pour les nôtres ? Ils reconnaissent que la réciprocité
de propriété littéraire est inutile même pour eux, que sera-t-elle
donc pour nous ?

été interdit par la supériorité de nos réimpressions. Non-seulement nous ne recueillerons plus les sommes que la Suisse, l'Italie, l'Allemagne, la Russie et la Belgique elle-même nous donnent en échange de nos réimpressions, mais notre argent ira enrichir ces Belges auxquels nous voulons nuire, et leur donner les moyens d'étendre leurs contrefaçons. Voici ce que notre traité avec l'Angleterre aura produit; que serait-ce donc si non-seulement les réimpressions anglaises, mais comme le propose la Commission, toutes les réimpressions en langues italienne, espagnole, etc., leur étaient envoyées en reconnaissant pour les étrangers la propriété littéraire?

Il ne faut pas que l'on s'abuse sur la puissance de la contrebande belge, et que l'on pense que le gouvernement anglais pourrait l'empêcher, même s'il le voulait sincèrement; car de son côté certes notre gouvernement désire protéger la librairie française, et cependant la Flandre, la Picardie, la Lorraine sont inondées de contrefaçons belges. Il se trouve à Kehl un dépôt destiné à l'approvisionnement des départements du Rhin; à Alger même, il en existe un autre; c'est que lorsque les particuliers trouvent un intérêt à acheter la contrebande, l'idée qu'ils protégent une infraction aux lois de l'État, et qu'ils nuisent à un genre de commerce, ne les arrête nullement. Que vient-on donc nous parler de moralité à ne pas reproduire les impressions étrangères; faites d'abord comprendre aux acheteurs de contrefaçons que leur conduite est immorale, qu'ils sont la cause du délit, et certainement plus coupables que ceux qui, pour gagner durement le pain de leur famille, cherchent à tromper la douane; alors, si vous avez réussi à détruire la contrebande qui vous ruine, vous pourrez faire parade de beaux sentiments; mais jusque-là défendez vos propres intérêts avant de vous occuper de ceux des gens qui ne vous veulent pas de bien.

L'exemple moral que la France donnerait, d'après la Commission, n'aurait donc réussi qu'à protéger la contrebande en France et à l'étranger.

La contrebande belge, pour les livres, est si bien admise en France, que dernièrement dans un tribunal sur la frontière, le juge demandait à un avocat plaidant, si le livre de droit dont l'avocat avait cité un passage était une contrefaçon belge, ou l'édition originale, faisant observer que dans le premier cas, le texte pouvait être fautif. Ainsi il n'y avait pas même dans le sanctuaire des lois l'idée d'un reproche pour avoir fait une action contraire à la loi : il s'agissait seulement de savoir si la contrefaçon n'était pas mal imprimée.

Le droit réciproque de la propriété littéraire n'arrêtera donc nullement, je le répète, l'entrée des contrefaçons belges en pays étranger, puisque nous ne pouvons les arrêter en France. Bien plus, lorsque la Belgique aura le monopole des réimpressions anglaises, italiennes, etc., le besoin de ces ouvrages en France donnant un nouvel essor à leur contrebande, contrebande que les particuliers seconderont de tout leur pouvoir, vu la cherté des livres anglais originaux, non-seulement les départements frontières, mais Paris, mais le midi de la France, seront envahis par la librairie belge, et l'effort fait pour nuire à la Belgique tournera tout entier à notre détriment. Depuis quelque temps les Belges ont trouvé un moyen plus simple encore de nous envoyer leurs contrefaçons; ils clichent leur composition, passent les clichés en contrebande, ce qui n'offre pas de difficultés, puis dans des imprimeries clandestines font tirer des exemplaires pour la France. Ils évitent ainsi ce que la contrebande ordinaire peut offrir de pertes par la saisie d'un grand nombre d'exemplaires; ils peuvent faire tirer partout où bon leur semble et répandre leurs éditions avec une grande facilité.

Ce nouveau mode d'agir est donc nuisible non-seulement à la librairie et à l'imprimerie, mais même à la sûreté de l'État, en alimentant des imprimeries clandestines, d'où partent ensuite dans des moments de stagnation ces écrits qu'aucune imprimerie brevetée ne voudrait publier.

Mais on me demandera si je veux que les choses restent dans l'état où elles sont, et si, admettant que la contrebande des contrefaçons belges ne puisse être réprimée, nous devons nous résigner et souffrir que les Belges jouissent des productions du génie de nos auteurs, des risques et du travail de nos libraires. Non certes; je suis le premier à dire que le mal est grave, que la librairie, l'imprimerie, les fabriques de papiers, sont ruinées par la concurrence des contrefaçons, que les auteurs, chaque jour privés du prix de la vente de leur ouvrage, par des faillites, hélas! trop fréquentes, mais presque inévitables, demandent un prompt secours, et qu'il faut anéantir les contrefaçous belges, mais non par le moyen de la Commission, car ce moyen ne ferait que leur donner plus de vigueur (1).

(1) Il est bien entendu que je n'attaque pas les mesures demandées par la Commission contre l'introduction et le détail des contrefaçons belges, je saisis au contraire cette occasion pour reconnaître toute la sagesse des modifications qu'elle propose.

Il faut anéantir la contrefaçon belge par nos propres ressources, et, comme je l'ai dit plus haut, en donnant à l'étranger des éditions plus correctes, moins chères et qui paraîtront plus tôt que les leurs.

Pour arriver à ce résultat, je voudrais que MM. les Libraires adressassent aux Chambres la demande d'une loi qui serait rédigée en ce sens :

« Tout libraire, en achetant d'un auteur le droit de publier un ouvrage à un certain nombre d'exemplaires (1,000 ex. par exemple), aura par cela même la faculté de faire tirer sur la même composition le double du nombre d'exemplaires dejà tirés (2,000 ex.), pour faire une édition destinée à l'étranger. Ce tirage ne donnera lieu à aucune indemnité pour l'auteur. Le libraire ne sera pas tenu de faire tirer ces exemplaires, mais il en aura le droit ; il ne pourra être fait entre l'auteur et le libraire aucun acte tendant à empêcher ce dernier d'user de ce droit.

« Cette édition portera sur la couverture, sur le faux titre, sur le titre et sur le recto de chaque feuillet ces mots : ÉDITION ÉTRANGÈRE. Elle ne pourra, dans aucun cas, même du consentement de l'auteur, être vendue en France.

« Quiconque aura débité en France un ou plusieurs exemplaires complets ou incomplets de l'édition dénommée *édition étrangère*, sera condamné à une amende de   fr., plus, à des dommages et intérêts envers l'auteur, qui ne pourront être moindres que le double du prix de l'édition payé à celui-ci par le libraire-éditeur, et envers le libraire-éditeur à des dommages et intérêts qui ne pourront être moindres que le double du prix de l'édition complète vendue au détail. La contrainte par corps sera de....

« Dès qu'un exemplaire de *l'édition étrangère* sera sorti de France, sa rentrée sera prohibée ; il sera considéré comme contrebande, saisi immédiatement et détruit. Quiconque aura introduit en France un ou plusieurs exemplaires complets ou incomplets de l'édition étrangère, sera puni des mêmes peines que le débitant en France de l'édition étrangère (voir le paragraphe précédent). Il en sera de même de celui qui aurait facilité l'introduction des ouvrages de l'édition étrangère.

« Néanmoins, si l'introducteur d'un seul exemplaire de *l'édition étrangère* prouvait qu'il ne l'a introduit que pour son usage personnel, il ne serait passible que d'une amende de 10 fr., et, de plus, de dommages et intérêts égaux à la valeur de l'exemplaire de l'édition française vendue au détail, tant envers l'auteur qu'envers le libraire-éditeur.

(Il sera très-facile à l'auteur et au libraire de s'entendre sur le moyen de garantir la sortie de France de *l'édition étrangère*, sans pour cela nuire à la liberté de l'éditeur ; si du reste on voulait absolument mettre dans la loi des dispositions précises à cet égard, voici ce que je proposerais.)

« Il sera établi, dans les villes frontières ou maritimes qui seront désignées, un bureau à la douane (ces bureaux existent déjà pour le transit et l'exportation des livres) où sera inscrit le nombre d'exemplaires de *l'édition étrangère* qui sortiront de France (1). Ces bureaux cor-

---

(1) On a vu dans une des notes précédentes, que les libraires eux-mêmes demandent que les livres réimportés soient soumis à la visite des agents de l'administration, et que les bureaux où se

respondront avec un bureau central situé à Paris (1).

« Les membres du bureau central devront sur la demande par écrit d'un auteur, en sa présence ou sans lui, comme il lui conviendra, se rendre chez le libraire-éditeur, lui demander connaissance de ses livres d'envoi (livres particuliers pour les *éditions étrangères*) et coordonner le résultat des livres du libraire avec ceux des bureaux. Ils devront se faire présenter les exemplaires restant en magasin, soit en feuilles, soit brochés, pour s'assurer de la fidélité des livres du libraire.

« Tout libraire-éditeur dont les livres ne se trouveront pas en rapport exact avec ceux du bureau, sera, s'il ne peut justifier cette inexactitude, condamné à une amende de   et envers l'auteur à des dommages et intérêts au moins doubles du prix payé par le libraire à l'auteur pour l'édition française.

« Les exemplaires de *l'édition étrangère* que le libraire voudra mettre à la rame, seront lacérés en présence de l'auteur ou de son fondé de pouvoir.

« Les libraires-éditeurs de province seront, à la requête de l'auteur de l'ouvrage qu'ils éditeront, soumis aux formalités indiquées pour les libraires de Paris. »

Cette loi concilierait tous les intérêts, ceux des auteurs, des libraires, des imprimeurs, des fondeurs en

font ces examens soient peu nombreux ; ne peut-il en être de même pour l'exportation des livres de *l'édition étrangère* que je propose ?

(1) Les éditeurs pourront faire plomber au bureau central les ballots qu'ils enverront à l'étranger ; il leur sera donné un double reçu de déclaration. Ils garderont l'un, et enverront l'autre avec le ballot, pour être donné au bureau de la douane.

caractères , des fabricants de papier, etc. , ainsi que ceux des acheteurs.

Occupons-nous d'abord des auteurs, et voyons quels seront pour eux les avantages et désavantages de mon système.

Je pourrais presque dire qu'un changement quelconque dans l'état de la librairie ne pourrait être qu'avantageux aux auteurs, vu les faillites, qui trop souvent leur font perdre le fruit de leur travail. Mais examinons quelle est la position actuelle de l'auteur, et ce qu'elle sera après la promulgation de la loi que je propose :

L'auteur vend, à un certain prix au libraire, le droit de publier une première édition de son ouvrage. La vente de l'ouvrage doit donner au libraire les moyens de payer l'auteur, plus, les frais d'impression et de papier, plus, une portion de bénéfice.

Le libraire cherche donc tous les moyens possibles de vendre son ouvrage en France et à l'étranger : certes l'auteur peut s'en rapporter à ses efforts et à son intérêt. Mais à peine l'ouvrage a-t-il paru, surtout s'il est quelque peu remarquable , qu'il est contrefait en Belgique, répandu à l'étranger, et livré à un prix bien inférieur à celui de l'édition originale ; quels que soient les efforts du libraire, il ne peut vendre un seul exemplaire en concurrence avec les contrefaçons belges. Tout auteur doit donc savoir et être bien convaincu qu'il est impossible que son ouvrage se débite à l'étranger, et que le succès de l'édition dépend uniquement de la vente en France.

Mais une partie de la France n'achète déjà plus l'édition française ; la contrebande belge qui chaque jour fait des progrès effrayants, vient inonder la France de ses contrefaçons ; le libraire n'épuise donc pas son édition, ne reçoit rien, par conséquent ne peut payer l'auteur, et celui-ci, loin de voir arriver le moment de toucher le prix d'une seconde édition, ne reçoit pas même le prix de la première.

Quelle sera la position de l'auteur d'après la nouvelle loi ?

Il ne se vendra pas davantage pour lui d'exemplaires à l'étranger, puisque le libraire a le droit de publier une *édition étrangère* sans rien payer en sus à l'auteur pour cette édition. Mais le premier coup sera porté à la contrefaçon belge et par suite à la contrebande, qui disparaissant peu à peu, comme je le prouverai en parlant des libraires, n'engageront plus les acheteurs à refuser l'édition française. Maintenant plus de concurrence, pas de rabais, l'édition s'épuise, et l'auteur peut compter sur une seconde édition. Si l'ouvrage a plus de succès à l'étranger qu'en France, et cela peut être, vu le petit nombre d'exemplaires répandus, proportionnellement à la connaissance générale de notre langue, le libraire-éditeur, dès que la vente d'un certain nombre d'exemplaires en France l'aura fait rentrer simplement dans ses déboursés, trouvant son bénéfice dans la vente de *l'édition étrangère,* achètera de l'auteur le droit de publier une nouvelle édition française, puisque c'est sur la composition de celle-ci qu'il tirera les exemplaires de *l'édition étrangère.* Si ce besoin de *l'édition étrangère* se fait encore sentir, le libraire pourra se trouver chargé de livres de l'édition française, et les donner à plus bas prix. Les éditions se succèderont plus rapidement ; et le droit donné au libraire de vendre l'édition étrangère, droit qui d'abord ne paraissait pas devoir être utile à l'auteur, aura, comme on le voit, augmenté sensiblement le nombre d'éditions.

J'ai pris là le cas le plus favorable, il est vrai; mais admettant que le nombre des éditions n'augmente pas, le libraire jouira toujours d'un bien-être qui le mettra en état de payer l'auteur; et quel est le créancier qui ne sera pas satisfait d'enrichir son débiteur, lorsqu'il ne lui en coûtera rien pour le faire? Que d'auteurs, maintenant, voudraient que leurs libraires eussent eu le droit de publier des *éditions étrangères,* et être eux-mêmes payés de la vente de l'édition française!

La position de l'auteur est donc sensiblement améliorée par le système que je propose, puisqu'il a la certitude d'être payé, et la chance d'un plus grand nombre d'éditions.

Reste maintenant à examiner si l'auteur n'a pas à craindre la vente à l'intérieur, des exemplaires de *l'édition étrangère,* ou la rentrée de ces livres en contrebande, soit par les soins du libraire-éditeur, soit par ceux d'un libraire étranger.

Je répondrai d'abord, que ce n'est pas au moment où quelques libraires veulent donner un aussi haut exemple de morale en protégeant à leurs dépens les intérêts des éditeurs étrangers, que Messieurs les auteurs devraient craindre de les voir agir en rien contre la plus exacte probité. Cependant, pour calmer ces craintes, les mesures prises de concert entre l'auteur et le libraire, ou l'obligation de faire inscrire dans les bureaux de l'État les exemplaires sortis, et les précautions indiquées à la suite, me paraissent une garantie aussi sûre que possible contre le débit en France des livres de l'édition étrangère.

Si quelques exemplaires échappent néanmoins à la surveillance, ils seront si peu nombreux que les intérêts de l'auteur n'en seront pas affectés.

De plus, l'auteur se protégera lui-même plus que toutes les lois ne pourraient le faire, par le choix d'un libraire d'une probité reconnue.

Il saura qu'un prix raisonnable pour son ouvrage, avec la certitude que ses intérêts futurs ne seront pas froissés, est préférable à un prix plus élevé, qui pourrait finalement se changer en perte pour lui.

L'auteur, surtout l'auteur de mérite, recherchera donc d'abord une grande probité dans son libraire, et il y aura pour celui-ci intérêt à être honnête.

J'ajouterai en outre qu'il n'y a point intérêt pour le libraire à vendre en France l'*édition étrangère,* car il ferait la guerre à ses propres dépens. En effet, chaque exemplaire de l'édition étrangère vendu, serait un exemplaire de moins à placer de l'édition française. Si l'ouvrage est bon, le débouché à l'étranger est sûr; pourquoi donc vendre ici, au risque de compromettre sa réputation, de s'exposer à des amendes assez considérables, et au détriment de ce que l'on a à vendre dans le pays, ce qui se placerait à l'étranger sûrement et tranquillement? Si l'ouvrage est mauvais, il ne doit pas arriver à une seconde édition; ce ne sera qu'en désespoir de cause que le libraire tentera de se défaire comme il pourra des exemplaires qui lui resteront: que risque donc l'auteur? cette vente ne ferait qu'aider à payer la somme que lui doit le libraire.

Je dis que, dans ce dernier cas, l'auteur ne risquerait rien; mais cependant, il faut s'opposer formellement à ce que, même du consentement de l'auteur, des exemplaires de l'édition étrangère puissent être vendus en France. Il faut qu'en France cette édition soit proscrite; que tout libraire, faisant ce commerce, soit connu comme contrebandier; qu'il ne puisse pas dire à l'acheteur : Voici un exemplaire que j'ai le droit de vendre, car ce serait une nouvelle difficulté pour la vérification; il faut qu'on sache que chez tel ou tel libraire il se fait un commerce de contrebande, et que la police, qui se trouvera à la fin avertie, puisse faire exécuter les lois en surprenant le libraire dans l'exercice même de sa vente illicite. Tel est l'intérêt véritable des auteurs et des libraires-éditeurs; il ne faut pas, pour un petit nombre de cas où la vente en France de l'*édition étrangère* leur serait utile, nuire à l'intérêt de tous, qui est de ne vendre en France que les éditions françaises.

S'il n'est pas, comme on le comprendra facilement, de l'intérêt du libraire-éditeur de vendre directement en France l'*édition étrangère*, faire revenir cette édition par la contrebande lui serait encore bien plus fatal.

Les prix du transport, aller et retour, les droits de contrebande, et les chances de la saisie, rendraient *l'édition étrangère* presque aussi coûteuse pour eux que l'édition originale, et je demanderai encore quel intérêt ils auraient à vendre au détriment de l'édition française.

C'est de la vente de l'édition française, et il faut que les auteurs en soient bien persuadés, que dépend pour les libraires le recouvrement de leurs frais : impression, papier, droits d'auteur, etc. C'est de la vente de l'édition étrangère que proviendront plus tard des bénéfices réels. La vente de l'*édition étrangère* seule, sans la vente de l'édition française, ne couvrirait pas leurs frais en raison du bas prix auquel ils seront obligés de vendre leurs livres à l'étranger pour anéantir la contrefaçon belge.

La contrebande de la part de l'éditeur n'est donc nullement à craindre ; reste la contrebande des étrangers : cette question est doublement importante, puisqu'elle concerne aussi bien le libraire-éditeur que l'auteur.

Cette contrebande ne me paraît pas non plus devoir effrayer beaucoup.

Le libraire français, en faisant son *édition étrangère*, calculera ce qu'il peut vendre à l'étranger. Il a le droit d'avoir le double des exemplaires de l'édition originale, mais il n'est pas obligé de faire tirer tous ces exemplaires.

Cette édition ne dépassant donc pas de beaucoup ce qui peut se vendre au dehors, le libraire étranger en achetant cette édition trouvera un plus grand bénéfice à vendre sans aucun risque au même prix qu'il vendrait après avoir fait les frais et couru les risques de la contrebande. De plus, le libraire français veillant à ce que son *édition étrangère* ne vienne pas en concurrence avec l'édition française, ne vendra pas un grand nombre d'exemplaires à une maison qu'il soupçonnerait de vouloir faire la contrebande ; et si cette maison, n'étant plus fournie directement, est obligée de passer par l'entremise de divers commissionnaires, ses frais en seront augmentés d'autant.

On demandera encore si les libraires ne feront pas tirer l'édition étrangère à un plus grand nombre que celui autorisé par la loi ; je répondrai à cela, que le même inconvénient peut exister pour les éditions françaises actuelles ; que c'est aux auteurs à s'adresser à un libraire honnête ; qu'ils peuvent de plus exiger des libraires comme une nouvelle garantie pour eux de faire imprimer chez tel ou tel imprimeur dont la moralité leur sera connue, et dont les déclarations au Dépôt de la librairie seront une preuve de l'exactitude du tirage au nombre accordé.

Je n'ai que peu de mots à dire pour prouver que ma proposition est avantageuse aux libraires.

Il est avéré que la contrefaçon belge ruine notre commerce de librairie tant à l'étranger qu'en France. Le moyen que je propose finira par anéantir cette contrefaçon ; en effet, le libraire-éditeur offrira à l'étranger des livres à plus bas prix que les livres belges, puisque l'avantage de la Belgique est seulement de n'avoir pas de droits d'auteur à payer, tandis que les libraires français n'auront ni auteur ni composition à payer (1). Un

(1) La librairie française, afin de faire concurrence aux contrefaçons belges, exécute des éditions compactes en petit format. Mais ces éditions ne peuvent remplir le but que l'on se propose. La fabrication moins chère en Belgique qu'en France, le peu de soin qu'on y donne, le léger droit d'entrée qui existe pour les livres et les frais de transport donneront toujours aux contrefaçons l'avantage du prix sur les éditions françaises, autres que celles que je propose.

Je sais que les Belges pourront réduire un ouvrage important, quelque consciencieusement qu'il soit fait, en un nombre moindre de volumes, en employant une justification plus large, un caractère plus serré, un format à deux colonnes, etc. Mais la composition qu'ils ne peuvent éviter, et qui est toujours chère quelque négligée qu'elle soit chez eux, contrebalancera le plus de tirage et de papier que nous pourrons avoir. A prix égal, je suis convaincu que les acheteurs étrangers préféreront nos éditions originales, une fois qu'on les leur aura fait connaître, aux contrefaçons belges, qui sont essentiellement défectueuses par la promptitude même avec laquelle elles sont confectionnées à cause de la concurrence que les nombreux contrefacteurs se font entre eux.

Les libraires français pourraient d'ailleurs profiter de la compo-

autre avantage encore pour nos libraires sur les Belges, c'est qu'ils n'auront pas de concurrence à craindre de l'un à l'autre, étant chacun possesseurs de l'ouvrage qu'ils publient, tandis que les libraires belges sont ruinés eux-mêmes, en nous faisant le plus grand tort, par la concurrence furieuse qu'ils se font entre eux.

Nos libraires ayant fait tirer les exemplaires de l'édition étrangère, pourront mettre cette édition en vente dans plusieurs pays à la fois, le jour même de la mise en vente en France (1). Il est même probable que pour les ouvrages importants et d'une vente certaine, tels que l'*Histoire de la Révolution Française* par M. Thiers, etc., des libraires étrangers achèteront d'avance à l'éditeur toute *l'édition étrangère.* L'éditeur du Nouveau *Dictionnaire de l'Académie* a déjà employé avec succès ce moyen auprès d'un libraire belge, qui lui a acheté 1,000 exemplaires nonobstant les contrefaçons.

Que pourront donc offrir les contrefacteurs lorsque leurs produits seront devancés par les éditions originales bien plus correctes, ce qui est connu de tous, et à meilleur marché que les leurs. Il est bien entendu que pour donner une *édition étrangère,* à un prix inférieur aux éditions belges, il faudra que l'édition originale soit

---

sition de l'édition française, en la désinterlignant, pour faire des *éditions étrangères* beaucoup plus compactes que celles destinées pour la France.

(1) Je suis étonné que la Commission des libraires n'ait pas demandé une punition sévère contre les ouvriers imprimeurs ou autres qui volent, dans les ateliers, des feuilles pour les envoyer en Belgique. Cette action devrait être considérée comme vol domestique, avec les circonstances les plus aggravantes ; car elle ne fait pas tort au maître imprimeur seulement, mais encore au libraire et à l'auteur.

imprimée en conscience, et que l'abus actuel des feuillets blancs soit abandonné; car dans ce cas, faisant un in-12 et même un in-18 de deux de nos volumes in-8°, les Belges pourront lutter avec avantage, regagnant le prix de la composition par le bon marché de leur fabrication, par un nombre moindre de feuilles à tirer, et par une économie de papier.

Les libraires qui continueront à faire des publications de ce genre, n'auront pas à se plaindre de la contrefaçon, puisque eux-mêmes lui donneront les moyens de se soutenir.

Quelques éditeurs comprennent du reste, que les publications consciencieuses ne sont pas préjudiciables à leurs intérêts. M. Charpentier entre autres publie maintenant une collection composée de volumes grand in-18, contenant presque tous la valeur de deux volumes in-8°; ces ouvrages imprimés avec soin et sur beau papier, se vendent séparément an prix de 3 fr. 50 cent., au lieu de 15 fr., et méritent à tous égards la faveur que leur montre le public. Dans la collection se trouvent les œuvres choisies de Balzac, pour lesquelles le libraire paie un droit d'auteur, et malgré ce droit, chaque roman est livré à 3 fr. 50 c., prix inférieur encore à la majorité des contrefaçons belges (1). Je ne cherche pas à

(1) J'ai sous les yeux plusieurs catalogues de librairie belge, assez répandus en France pour être facilement consultés. Voici leurs prix comparés à ceux de Charpentier :

PARIS.

Charpentier, éditeur.

Physiologie du Mariage. 1 vol. in-18.	3 fr.	50 c.
Le père Goriot. *id.*	3	50
Le Médecin de campagne. *id.*	3	50

prouver par là, que tout ouvrage pourrait être donné en France à un prix aussi modique, mais seulement que nos *éditions étrangères* d'ouvrages faits consciencieusement, pourront, *tant que la concurrence existera*, être livrées par nos libraires, sans perte pour eux, à si bon marché, que les contrefaçons entièrement ruinées, devront disparaître, et qu'alors les éditeurs pourront faire des bénéfices réels, en maintenant sur les marchés étrangers leurs éditions à un prix assez raisonnable pour que les contrefacteurs ne trouvent pas un grand avantage à tenter une nouvelle concurrence.

L'anéantissement de la contrefaçon belge est du

BRUXELLES.

Société belge en commandite, etc.

Physiologie du Mariage. 2 vol. in-18.		6 fr.
Le père Goriot.	1 vol. in-18.	4 fr.
Le Médecin de campagne. 2 vol. in-18.		6 fr.

BRUXELLES.

Librairie Méline, etc.

Physiologie du Mariage. 2 vol. in-18.		5 fr.
Le père Goriot.	*id.*	7 fr.
Le Médecin de campagne.	*id.*	7 fr.

Je trouve cependant dans ce dernier catalogue : ŒUVRES DE BALZAC, 44 vol. in-18, *édition économique;* chaque ouvrage se vend séparément, 2 fr. 50 cent.

Ici le libraire belge pour l'emporter sur les autres contrefaçons qui lui font concurrence, fait un dernier effort, et livre ses ouvrages à plus bas prix que ceux de l'éditeur français; mais on comprendra facilement que si celui-ci avait eu la faculté de publier une *édition étrangère*, sans droit d'auteur, ni composition à payer; qu'il eût choisi un papier semblable à celui de l'édition belge, et que même au besoin il eût diminué le nombre de feuilles dans ses exemplaires, en désinterlignant la composition originale, il aurait pu donner son *édition étrangère*, non-seulement au même prix, mais à un prix inférieur à celui de la contrefaçon.

reste si important pour la France, par le grand nombre d'intérêts qui s'y rattachent, que nos libraires pourraient demander avec justice au gouvernement français, qui accorde des primes à l'exportation des différents produits de nos fabriques, de venir dans les premiers temps de la lutte au secours des éditeurs qui exporteraient le plus.

Il ne faut pas s'abuser toutefois en comptant sur la réussite immédiate du système que je propose ; les maisons de librairie belge, formées en sociétés par actions, sont riches et puissantes ; elles lutteront avec un courage et une persévérance que nous n'avons pas eus jusqu'ici dans nos diverses tentatives, mais elles succomberont à la longue : les libraires étrangers s'accoutumeront peu à peu à avoir affaire à nous, et la Belgique même verra ses acheteurs affluer chez nos correspondants (1).

(1) La Commission elle-même ne croit pas que la Belgique accède au traité ; il en sera de même pour la Suisse avec laquelle la Belgique fait un commerce considérable de ses contrefaçons, pour les petits États germaniques, etc. Tous ces pays qui n'ont rien à gagner à ce changement, puisqu'ils ont peu ou point d'auteurs, ne consentiront jamais à un traité qui leur serait aussi désavantageux; en voici du reste une preuve : .

Les auteurs Anglais dont tous les ouvrages sont contrefaits aux États-Unis, adressèrent une pétition au Congrès afin d'obtenir la réciprocité pour les droits de propriété littéraire : cette pétition a été repoussée.

Cependant les États-Unis ne fabriquent que pour leur propre consommation, et possèdent des auteurs qui ont acquis une juste célébrité. La Belgique de son côté envoie ses contrefaçons dans toute l'Europe ; elle en remplit même la France : de plus, elle n'a pas d'auteurs : est-il donc raisonnable d'espérer qu'elle se montrera plus généreuse que les États-Unis ?

Pourquoi donc commencer par nous engager, et permettre ensuite aux Belges de faire ce qu'ils jugeront le plus convenable pour leurs

Une fois la contrefaçon belge anéantie chez elle et à
l'étranger par nos éditions étrangères, voyons si elle
pourra subsister pour la France. Il est aisé de comprendre
que les Belges ayant fait les frais de composition pour
toutes les villes de l'Europe, profitent de cette composition, et soit en passant leurs livres, ou, ce qui leur
arrive maintenant, en faisant passer des clichés par la
contrebande, s'ouvrent un débouché de plus pour le
tirage sur cette composition une fois faite, en employant
contre nous le moyen que je propose contre eux, moins
la contrebande. Mais bientôt ce ne sera plus le cas; il
n'y aura plus de composition toute faite, et couverte
par la vente tant en Belgique qu'à l'étranger. Il faudra
pour une vente incertaine faire une composition toujours dispendieuse, payer les frais de la contrebande et
risquer que le tout soit saisi. Je ne pense pas que le
léger bénéfice résultant de ce commerce puisse engager
à le continuer. De plus, j'appliquerais aux débitants des
contrefaçons belges les peines sévères que j'ai demandées
contre les débitants de nos *éditions étrangères.*

On pourra m'objecter que le fond de ma proposition

intérêts? Leur choix ne sera pas douteux, ce me semble; aussi ne
reviendrai-je plus sur un projet qui ne me paraît pas mériter la
discussion.

Je vais seulement citer quelques mots d'un membre du congrès
américain, appartenant à la majorité qui a rejeté la pétition anglaise,
pour montrer comment cette majorité envisageait la pétition. « Considérez, dit-il à un auteur anglais défendant devant lui le droit de la
propriété littéraire, considérez que vous nous demandez beaucoup
trop, et qu'aujourd'hui la balance penche considérablement en notre
faveur ; car vos auteurs sont plus nombreux que les nôtres. Vous
pouvez nous *voler* nos ouvrages, comme nous faisons des vôtres;
mais si vous nous en *volez* dix, nous vous en *volons* cent. Ne voyez-
vous pas que vous nous demandez de vous céder notre avantage? »

n'est autre que celui de la Commission ; que notre but est de détruire la contrefaçon belge et de nous donner les moyens de répandre nos éditions à l'étranger, et que la Commission y arrivera par un traité général qui assurerait à chaque peuple la propriété littéraire de ses ouvrages.

Ma conviction, et je crois qu'elle serait partagée par une grande majorité, est que ce traité n'existera jamais ; mais, cependant, voyons si son existence même assurerait à la librairie l'avantage qu'on lui promet.

En France, où les lois protectrices de la propriété de chaque individu s'exécutent rigoureusement, nous avons néanmoins toujours des contrefaçons. Dernièrement encore plusieurs libraires, je crois même que parmi ceux-là il y en a qui font maintenant partie de la Commission, ont découvert et fait saisir à Limoges, de nombreuses contrefaçons d'ouvrages d'un grand rapport, et qui leur avaient coûté de fortes sommes. Ces libraires doivent savoir quelles difficultés ils ont éprouvées pour arriver à cette saisie, et combien a été minime la peine prononcée contre les contrefacteurs. Et l'on pense que si dans nos villes mêmes, si au cœur de la France les contrefacteurs sont protégés par les gens en place qui se trouvent être leurs parents, leurs amis, etc, à l'étranger nous pourrons obtenir aisément la répression des contrefaçons, en vertu des traités qui seront intervenus. J'admettrai si l'on veut que la contrefaçon belge ne fournira plus la Suisse ; mais la Suisse contrefera pour son propre compte, et chaque pays fera de même. Aurez-vous dans chaque ville de l'étranger des employés chargés de surveiller les imprimeries étrangères ? je crois que non-seulement ils courraient le danger d'être mal reçus par les ouvriers occupés aux contrefaçons, mais, de plus, lorsqu'ils auraient découvert une de ces contrefaçons, à qui s'adresseraient-ils pour la faire saisir? Ne voit-on pas que l'officier public, requis par eux, ferait prévenir sous main les coupables, et leur viendrait en aide autant que possible, au grand applaudissement de ses concitoyens? (1) aussi la répression efficace serait-elle de toute impossibilité.

Je sais qu'un libraire allemand, Cotta, de Stuttgard, a obtenu un privilége pour quelques ouvrages dans les États de la Confédération germanique, le Danemark et quelques cantons suisses. Mais ayant bientôt compris quelle était la faiblesse de son privilége contre la contrefaçon, il s'est attaché à rendre cette dernière impossible par le bon marché de ses éditions. Ainsi il livre

---

(1) Pour faire connaître comment les contrefaçons sont envisagées en Belgique sous le point de vue moral, je donne ici les noms des directeurs et des membres du Comité de surveillance d'une société belge par actions, formée pour exploiter la contrefaçon en grand.

SOCIÉTÉ BELGE, ETC.

DIRECTEURS—GÉRANTS :

Ad. HAUMAN, négociant,
H. CATTOIR, ancien directeur de la société générale pour favoriser l'industrie.

COMITÉ DE SURVEILLANCE.

Président, LE CHEVALIER DE SAUVAGE, ancien ministre de l'intérieur, président à la cour de cassation.
J. ENGLER, sénateur.
J. WALTER, ancien inspecteur de l'instruction publique.
JACMART, professeur émérite de médecine à l'université de Louvain.

CHARLES DE BONNE, ancien magistrat.
FÉLIX LEGRAND, banquier.
Bosso, ancien inspecteur en chef des ponts et chaussées, directeur de l'institut Gaggia.
J. VINCHENT, secrétaire-général du ministère de la justice, secrétaire du comité.

au public, et nous avons en France les œuvres complètes de Schiller, petit in-8°, en 12 volumes, pour 12 francs. Avant cette publication, la rareté des livres allemands en France, occasionnée par le prix des éditions originales, avait engagé une maison de librairie parisienne à publier une édition des œuvres de Schiller. Cette édition d'une correction remarquable, et qui obtint d'abord un grand succès, est en un seul volume et ne coûte que 20 francs. Cependant depuis le Schiller à bon marché de Cotta, toutes les personnes qui étudient l'allemand recherchent l'édition originale, et certes aucun libraire français, malgré la réussite de la première contrefaçon, qui est maintenant presque épuisée, ne tentera une nouvelle concurrence. Ainsi, par le bon marché de son édition, Cotta aura tué la contrefaçon en France. Que nos libraires profitent de cet exemple, qu'ils fassent des *éditions étrangères*, puisqu'ils ne peuvent évidemment donner à si bas prix les éditions françaises (le Schiller de Cotta ayant été vendu à près de 40,000 exemplaires); et la contrefaçon belge, bientôt détruite, aura peut-être eu pour nous un côté avantageux, en habituant les étrangers à ne pouvoir se passer de livres en langue française.

Il me paraît donc bien démontré que le traité général serait inutile, tandis que les *éditions étrangères*, comme je les propose, auraient pour résultat d'empêcher à l'étranger toute contrefaçon d'un autre pays ou du pays lui-même; aucune ne pourrait exister, car aucune ne pourrait donner *aussi promptement* et à prix égal des éditions correctes et originales.

Les auteurs doivent peser mûrement ces réflexions.

Elles leur prouveront qu'ils ne doivent jamais compter sur la vente à l'étranger des éditions françaises de leurs ouvrages, et qu'ils doivent se contenter pour celles-ci du débit en France. J'ajouterai encore que non-seulement l'obligation que je leur impose de permettre le tirage d'une *édition étrangère*, ne doit pas être considérée par eux comme une violation de leur droit de propriété, puisqu'ils seront toujours libres de vendre ou de ne pas vendre leur manuscrit, mais qu'il est de leur intérêt bien entendu, tant que la contrefaçon existera, d'aider, autant que possible, aux efforts des libraires pour l'anéantir. Une fois ce résultat obtenu, les libraires que devront enrichir les œuvres des auteurs, se feront concurrence pour les obtenir, et ceux-ci, sans pouvoir être taxés d'exigence, verront hausser le prix de leurs ouvrages, et toucheront enfin la juste et sûre récompense de leur travail.

J'ai cherché à prouver que ma proposition était avantageuse pour les libraires consciencieux ; qu'une fois la lutte engagée le triomphe était certain, s'ils ne se décourageaient pas à la première épreuve ; qu'avec bien peu de gêne, avec du soin pour la tenue des livres et le rangement des ballots en magasin, ils rempliraient les formalités prescrites, et que bientôt une position florissante succéderait à la position malheureuse dans laquelle un grand nombre se trouve maintenant. Ils comprendront que la surveillance attentive que je demande est de la plus grande justice, puisque les intérêts des auteurs sont aussi sacrés que les leurs.

Maintenant, je passe aux diverses professions qui dépendent de la librairie et qui souffrent comme elle.

Leur prospérité suivra naturellement le même cours et rejaillira sur elle. Les imprimeurs comptant davantage sur le succès d'une édition, entreprendront plus facilement un ouvrage de longue haleine pour un libraire peu riche, mais honnête et intelligent, et ne craindront pas de se mettre à découvert. Il en sera de même des marchands de papiers, et de plus, ce qui se tirait autrefois à mille exemplaires se tirera à trois mille. Le maître imprimeur et les ouvriers y trouveront leur compte ; les fabricants de papiers en vendront davantage ; les fondeurs verront leurs caractères s'user deux fois plus vite ; enfin tous ces états, maintenant en souffrance, se relèveront peu à peu. Les faillites qui viennent sans cesse effrayer le commerce et font perdre tout crédit à l'imprimerie et à la librairie, devenues moins nombreuses, finiront par disparaître entièrement. La confiance renaîtra ; les banquiers usuriers de la librairie pourront y perdre, mais les banquiers honnêtes ouvriront leur caisse que, jusqu'à présent, ils ferment à presque tous les libraires et imprimeurs de France.

J'attends encore une objection : Mais le public, va-t-on me dire, paiera en France plus cher que ne paieront chez eux les étrangers. Cette position n'est pas nouvelle, elle existe pour toutes les marchandises exportées avec primes. Pourquoi refuserait-on au commerce de la librairie ce que l'on accorde aux autres branches d'industrie. Elle fait cependant vivre un aussi grand nombre d'ouvriers et mérite les mêmes encouragements. Le Gouvernement n'agit pas autrement pour la vente du sel, qui, exporté à l'étranger et ramené en France par la contrebande, peut encore, avec bénéfice pour le contrebandier, être vendu moins cher qu'à la saline même.

Le public n'aurait donc pas droit de se plaindre de ce que pour lui les prix resteraient les mêmes; quand je dis les mêmes, nous avons vu, et on le croira facilement, que souvent les libraires donneront leurs livres à plus bas prix. Le besoin de réimprimer l'édition étrangère les engagera à modérer le prix de l'édition française de façon seulement à couvrir complétement leurs frais.

Non-seulement le public ne perdra rien à notre système, mais il y gagnera, car nos réimpressions françaises à bon marché des ouvrages étrangers, compenseront pour lui le prix plus élevé des livres français passibles des droits d'auteur.

« La moralité, dit la Commission, ne veut pas que nous réimprimions les œuvres de nos voisins, et elle m'accuse de protéger les réimpressions étrangères. » Cela est vrai, mais c'est après avoir donné aux libraires anglais, italiens, etc., le moyen de ruiner nos contrefaçons, si elles leurs nuisent, en faisant comme nous. Pourquoi donc, si nous leur donnons nos ouvrages à un prix plus bas que celui payé en France, ne jouirions-nous pas du même privilége pour les leurs? Tant qu'ils ne feront pas comme nous, ils n'auront pas à se plaindre de nos réimpressions, car nous n'aurons fait que soutenir notre commerce par un moyen simple et honnête et par nos propres ressources. L'exemple sera donné, ce sera à eux de le suivre; jusque-là nous ne leur devons rien, et nos réimpressions mériteront moins que jamais le nom d'immorales, puisque s'ils ne les empêchent pas, c'est qu'ils n'auront pas intérêt à le faire.

Je pense que le Gouvernement ne repoussera pas ma proposition; son intérêt bien entendu est évidemment de protéger la librairie et les états qui en dépendent. Les nombreux ouvriers que tous ces états font vivre, étant trop souvent sans travail, deviennent naturellement une source de graves inquiétudes, surtout dans un temps où les agitateurs ne négligent rien pour augmenter leur mécontentement. Mais lorsque la librairie reprendra en richesse et en considération le rang qui doit lui appartenir, ceux qu'elle emploie ou fait employer profiteront de sa situation plus florissante. Les ouvriers sans travail sont très-dangereux, car la société leur doit le travail sans lequel ils ne peuvent vivre. Aussi, il peut y avoir beaucoup de philanthropie dans ces ateliers ouverts à Lyon, et pour les autres villes de fabriques, dans les moments de cessation de travaux; mais il y a certainement encore plus de sage politique. Que l'on accorde donc à nos ouvriers ce que l'on accorde à ceux des autres industries, et leur état suffisant pour leur donner à eux et à leurs familles une existence honnête et assurée, ils n'iront plus chercher au sein des sociétés secrètes les promesses trompeuses d'un meilleur sort.

Si les observations que je viens de présenter ne paraissent pas à la Commission des libraires devoir atteindre le but qu'elle s'est proposé, je désire du moins qu'elles puissent mettre sur la voie quelqu'un de plus habile, et aider à tirer la librairie de la position fâcheuse où nous la voyons réduite aujourd'hui.

CH. LAHURE.

www.ingramcontent.com/pod-product-compliance
Ingram Content Group UK Ltd.
Pitfield, Milton Keynes, MK11 3LW, UK
UKHW020125080726
13614UKWH00005B/2041